「ユニークでありつづけなさい」雑文帖

Rester Unique

島松和正
shimamatsu kazumasa

梓書院

「ユニークでありつづけなさい」雑文帖・目次

Photos: Ⓒ Natsuko Mimura

「ユニークでありつづけなさい」雑文帖

自己紹介に代えて

碁のこと

勝負事はあまり好きなほうではありませんが、まわりの家族はきわめて好きで、小学校低学年の頃より無理やり家庭マージャンをさせられたものです。その甲斐あって（？）深く興味を持つこともなく、また上達することもなく今日に至っています。

このような中で碁だけは惹かれるものがあります。中学の終わり頃に祖母に九子で手ほどきを受けたのが最初でした。祖母は亡くなる数日前まで私と碁を打っていましたが（この時には立場は逆転し、祖母は私に六子置いていました）、負けると悔しがり「もう並べなくてもいい」と言い、たまに勝つと「並べてみようか」と言って最後まで作るのが常でした。このような祖母を相手の碁ですから決して鍛え上げられたものではありません。研修医の時に初段の免状はいただいたものの、その後の研鑽なくむしろ退行しているのでは、と懸念しております。

ちなみに米国留学中のこと、オハイオ州地区の囲碁クラブに入りました。日本の碁をすこし教えてあげましょうか、という軽い気持ちで入ったのですがとんでもない間違いでした。三十人余りの熱心なアメリカン老若男女の実力は恐るべきもので、私は三級にランクされました。日本ではどの位で打っているかと聞かれ、とても初段などと言える状況にはなく、言葉がよく通じないことでごまかしました。全米でも有数の打ち手が数人いましたが、彼らは日本の名人戦、本因坊戦のわずか数日後には棋譜を手にいれ研究に余念がないといった有様です。二年後の帰国直前にやっと一級にしてもらいました。私は日本棋院に何だか申しわけない気がしました。

最近では盆正月に父と数局打つのが全ての状態ですが、スポーツなどとは異なり何歳になっても（頭だけ無事であれば）楽しめるのではないかと楽観しております。

音楽のこと

1989年

音楽は碁よりも早い時期に私の人生に入りこんできました。小学校の頃、父の全集もののレコードを時々引っ張り出しては聴いていたのが始まりです。そして中学二年の時に聴いたドビュッシーの《亜麻色の髪の乙女》が私を人生の魅惑的な部分（音楽）へ誘いました。

音楽は何でも好きですが、とくにピアノ音楽には感性的に惹かれるものがあります。リヒテルやデ・ラローチャの福岡での演奏会は、重症患者の診療で疲弊しきった神経を音楽の大きなうねりで包み、リフレッシュさせてくれました。忘れることのできないもののひとつです。最も興味あるピアニストはマウリツィオ・ポリーニです。残念ながら実演に接することなく現在までテレビやCDのみにて垣間みるのみ、その内チャンスに恵まれるでしょう。楽しみは後にとっておく手です。

最近面白かったのは中村紘子さんの書いた『チャイコフスキーコンクール』という本です。日本の音楽教育（とくにピアノ奏法）の欠陥について実名を挙げて一刀両断バッサリと料理しています。まさに彼女のピアノ奏法を彷彿とさせるタッチで実に爽快でした。

最近思うこと

今から十六年前、研修医二年目の夏にヨーロッパに行った時のことです。パリの劇場でショウを観ました。マリオネットの人形師が話の途中で急に手を緩め、人形はバラバラになって床に崩れ落ちました。そして曰く、「メイド・イン・ジャパン！」。会場はドッと大きな笑いに包まれました。私たち日本人のツアー客は笑うこともできず、ジッと下を向いて耐えるしかありませんでした。この時メイド・イン・ジャパンは粗悪品の代名詞だったのですから。

今年六月中旬にスウェーデンのイェテボリで欧州透析・移植学会が

あり、私は十六年振りに再びヨーロッパへ行く機会を得ました。学会の帰り、ロンドンでミュージカル『シャーロック・ホームズ』を観ました。実に楽しい舞台でしたが、ホームズと宿敵モリアーティ教授の滝壺上での死闘後、ホームズが友人のワトソン医師のもとに生還してくる場面でのことでした。

ワトソンが感激して、「よく助かったな、ホームズ」と言うと、ホームズがステッキの形をした剣（いわゆる仕込杖か）を抜いて見せながら、「メイド・イン・ジャパン！」と言ったのです。会場はドッと笑いの渦に包まれました。お分かりのように、ホームズはこの剣がメイド・イン・ジャパン（高品質、高性能）だから自分がモリアーティに勝てたのだと言ったわけです。

勿論、良質の日本製品にヨーロッパ製が駆逐されていっている現状を多少苦々しく皮肉ってユーモアとして使っているとは思いますが、十六年前の意味とはまるで正反対の意味として用いられ、観客が笑っているのを見て、私は一緒に笑いながらもショックを受けました。十年一昔とは言いますが、かくもわずかの間に世界の常識が変わり得るものとは。

今、日本は世界に冠たる経済大国などとチヤホヤもてはやされていますが、十年後を考えるとき少し暗澹(あんたん)とした気持ちになるこの頃です。

生き急ぐ

「エイズは九十九％死ぬ。しかし人間は百％死ぬ。こう考えたとき気が楽になった」

自らエイズ患者であることを公言し、つい先日逝った人が友人に語ったことが新聞にでていた。

確かに死は早いか遅いかの違いだけで誰にも訪れるものであり、また早いか遅いかも相対的なもので人により感じるところは異なるだろう。

この記事を読んで二つのことを思った。

一つは自分自身の死への準備である。現在のところエイズや癌の宣告は受けていないが誰も明日のことは分からない。自分が一生の間にいつかやってみたいと思っていることは今日とりかからなければならない。どんな些細なことでも、経験する機会は「今」しかないかもしれない。一日一日が速度を早めながら過ぎ去っていくこの頃であるが「朝に道を聞かば夕べに死すとも可なり」となりたい。

いま一つは医学教育のことである。冒頭のエイズ患者のような心境に至った人を相手にしなければならない医師は、医学知識や医療技術の習熟のみではなく死という人生の深遠な部分への関心と理解が要求されるだろう。最近でこそ死の問題が公に論じられるようになっているが、医学生、研修医の教育カリキュラムにもっと死についての議論をする機会があってよいのではないかと思う。

理事に就任して

広辞苑を引いてみると「理事」とは、「法人の事務を処理し、これを代表し、権利を行使する機関」とある。なるほど「理事」の意味は分かったが、「機関」とはどうも人間ではないような気分である。

さらに「理事」の二番目の意味として、「事理に同じ」とある。そこで、乗りかかった船で「事理」も引いてみた。「①物事のすじみち。事柄とその道理。②事すなわち相対・差別の現象と、理すなわち絶対・

1998年

平等の真理」とあり最後に、徒然草より《事理もとより二つならず》と引用されていた。どうも理事とは本質的に大変な役回りらしい。

新任理事としては、具体的な仕事内容については未だ学習途上にあり、この紙面を借りて述べるだけのものはないが、心構えだけでも表したい。

私は自らを省みて、知らず知らずのうちに次の二つの立場でものを考えたり発言したりしていることに気づく。一つは医学・医療の担い手としての医師の立場。もう一つは開業医あるいは勤務医として自らの生計を担う立場である。そして意識せずしてその時々の都合でこれら二つの立場を使い分けている。本来、二つの立場は現実であり、正しく使い分けるのであれば問題はないはずである。しかし、正しい使い分けなどできるのであろうか。恐らくできないだろう。

そこで私が思う現実的な方法は、まず二つの立場それぞれで徹底的に考えてみることである。すなわち、ある問題に対して高邁な医師の立場で一切の利害とは関係なく、徹底的に考えて結論を出す。次に同じ問題を、開業医あるいは勤務医として、企業経営者あるいはサラリーマンの立場で徹底的に考え結論を出す。

このとき大切な点は、一つの立場で考えている時にもう一つの立場を決して持ち込まないことである。そして、それぞれの立場ででた結論を最後に突き合わせてみる。同じ結論の部分については悩む必要もなく、そのまま結論とする。まったく反対の結論の部分については悩まなければならない。しかしそれぞれの（二つの立場で）徹底的に考えてさえいれば少なくとも結論がでてきた過程は明確となっており、その後の自らの内なる議論においても他の人との議論においても、より考えやすくなっているのも事実だろう。

二つの立場のそれぞれにおいて《事理もとより二つならず》であろうが、私は以上のような心構えでそれら二つの間に第三の事理を模索していきたいと思っている。

音楽で浮上する

1999年

一九一二年四月十五日未明、ベル・エポックの象徴というべきタイタニック号はイギリスを出てフランスに寄港したのち北大西洋を新世界に向けて処女航海中に沈んだ。

この大惨事の二年前、クロード・ドビュッシーは《前奏曲集・第一巻（十二曲）》を完成し、そのうちの四曲を自らのピアノで初演した。その中に〈沈める寺〉という曲がある。この曲は、フランスのブルターニュ地方で四～五世紀頃もっとも栄えたといわれるイスの町の伝説に霊感を得て作曲された。

イスはコルヌアイユ王国のグラドロン王がその愛娘ダユのために海辺に建設した町で、海面より低かったため周りを堤防で守られていた。しかしこの王女ダユが原因となり、この繁栄した美しい町はその住民とともに海に沈む。

そして、さらに伝説は続く。……ある晴れた日の朝靄のなか町の中心にある大聖堂の鐘の音とともにイスの町は浮上するのである。

ドビュッシーの音楽は、聴く者の感性を刺激して、その心の中にイスの町をかつてあったように美しくも神秘的な姿で浮上させる。この曲を聴くたびに、萎縮しかかった私の感性も肥大化した理性の深奥から浮上し活きずいてくる。生業であり使命であると思っている医業でもときどきギブアップしたくなることがある。このような閉塞状態から私を解放してくれるのが音楽である。

ボストン・オペラの興行主ヘンリー・ラッセルは、オペラ《ペレアスとメリザンド》の公演に作曲者自身を招請していた。しかしドビュッシーはタイタニック事件の半年前、ラッセルに宛てた手紙のなかで、家庭の事情でどうしてもアメリカへは行けないことを残念がっている。もし彼がラッセルの懇願に応じていたら悲劇の乗客のひとりになっていたかもしれない。

ドビュッシーとドイツ

誰しも、多感なる幼年時代に出会ったものの影響は大人になってもずっと尾を引くという経験をお持ちでしょう。私の場合はクロード・ドビュッシーの《亜麻色の髪の乙女》がそれにあたります。この乙女が具体的であったらまだよかったのでしょうが、音楽という実体のないものですから始末に負えません。年頃の少年はあれこれとイマジネーションを膨らませ、長く美しい金髪の〈亜麻色がどんな色かは、もちろん知るよしもありませんでしたが、とにかく神秘的で魅惑的でこの上なく美しいに違いない、という妙な確信だけはありました）スコットランドの美少女がヒースの繁茂する丘に立っている姿を想い浮かべるのを常としていました。そしてこれが現在まで約四十年に亘る音楽とのお付き合いの始まりとなりました。

ドビュッシーといえば最もフランス的な音楽家と思われていますが、実はドイツとの関りを無視するわけにはいきません。そのことで直ぐ私の頭に想い浮かぶのは、ワーグナーと戦争です。

一八七六年、フランスとドイツで、結果的にドビュッシーにとっては重要なことが起こります。作曲家自身はパリ音楽院に入学して四年が経っていましたが、この時まだ十四歳の学生でした。この年、パリではステファヌ・マラルメが、マネの挿画入りの詩集『牧神の午後』を出版します。十八年後、このマラルメの詩集に霊感を得たドビュッシーは、二十世紀の新しい音楽への扉を開いた傑作《牧神の午後への前奏曲》を世に送り出します。

さて同じ年、ドイツではリヒャルト・ワーグナー念願のバイロイト祝祭劇場が完成し、柿落としに《ニーベルンクの指輪》が上演されています。実は他の芸術家と同様に若きワーグナーも世界の芸術文化の中心での成功を夢みてパリに滞在したことがありました。ちなみにワーグナーの滞在した場所のひとつはサン・トノレ通りで、ずっと後年になりますがサン・ジェルマン・アン・レーからパリに移ったドビュッシー一家（作曲家はこの時六歳でした）もたまたま、この同じ通りに住んでいます。ワーグナーは歌劇《リエンチ》や《さまよえるオランダ人》を書きますが、認められることなく失意のうちにパリを去ります。

しかし暫くしてパリは、ボードレールの筆もあり熱狂的なワーグナー信奉者たちで溢れかえることになるのです。二十代半ばの青年ドビュッシーも例外ではありませんでした。一八八八年と翌八九年の二回に亘ってドビュッシーは友人たちとバイロイト詣でをしています。ドビュッシーは、とくに《トリスタンとイゾルデ》と《パルシファル》が好きだったようです。

だが、二度目のバイロイトを境にドビュッシーのワーグナー熱は冷めていきます。「音楽はあまりに多くを語り過ぎる」――。

一九〇二年、ドビュッシーのオペラ《ペレアスとメリザンド》がパリのオペラ・コミックでセンセーショナルに初演されることになるのですが、このオペラのクライマックスでは、音楽はむしろ沈黙してしまいます。そしてその緊張感は、音楽のどのような咆哮(ほうこう)もかなわないほどのものになっています。

だが、このようなドビュッシー独自の美意識や傑作の数々がワーグナーをバネにして生まれたことは、ドビュッシー・ファンとしても認めないわけにはいきません。

戦争といえば、ドビュッシーの音楽人生はドイツ(プロイセン)との普仏戦争で始まり、第一次世界大戦の終わりの年、ドイツ軍の砲声のうちに終わりました。貧しかったドビュッシーの家庭はとても音楽をする環境にはなく、この才能ある少年が音楽に関わるためにいくつかの幸運いや不運（？）が重なります。

一八七一年、ドイツとの戦争に敗れたフランスには傀儡（かいらい）政権が誕生しますが、パリ市民はただちに蜂起します。これが世にいうパリ・コミューンで、わずか七十二日間で挫折しますが、しかし幼いドビュッシーはこのパリ・コミューンのお陰でパリ音楽院に入れたのです。

ドビュッシーの父マニュエルは貧しい生活をなんとかしようといろいろな職に就きますがうまくいきません。何かが変わるかもしれない、パリ・コミューンはまさにマニュエルにとって恰好の機会と映ったことでしょう。さっそく、この市民蜂起集団に身を投じます。幼いドビュッシーは母ヴィクトリーヌに連れられてカンヌに疎開させられます。ここの伯母の家で初めてピアノに触れることになるのですが、この後、さらに幸運なことが起こります。

パリ・コミューンの挫折で父マニュエルはパリ市内のサトリーの収容所に入れられますが、ここで同じく収容されたシャルル・ド・シヴリーという軽音楽の作曲や指揮をしていた人物と知り合うことになります。ここでどのようなやりとりが行われたかは定かではありませんが、父マニュエルの出所後まもなく九歳のドビュッシーは、このシヴリーの母親であるモーテ夫人にピアノのレッスンを受けることになります。

このモーテ夫人はショパンの弟子であったという説もあるほど有能

なピアニストで、わずか一年足らずのレッスンで、一九七二年、弱冠十歳のドビュッシーはパリ音楽院への入学を果たすのです。

ついでにもう少し話をつけ加えますと、モーテ夫人には息子シヴリーとは父親の異なる娘マチルドがいます。このマチルドの夫が有名な象徴派の詩人ポール・ヴェルレーヌです。そして、やがてヴェルレーヌを頼って若き天才詩人アルチュール・ランボーがやってきます。あとはご存知のように、このモーテ夫人の家族はランボーとヴェルレーヌの同性愛事件に巻き込まれていきます。

人生の縁とは不思議なものですが、少年ドビュッシーはピアノの先生モーテ夫人の家のなかで繰り広げられた愛憎劇から生まれた文学によって、作曲家として後に大いなる刺激を受けることになろうとは夢にも思わなかったことでしょう。

実際、ドビュッシーは生涯に約八十曲の歌曲（メロディ）を作っていますが、このうちヴェルレーヌの詩によるものが最も多く二十曲にのぼります。

このように、普仏戦争、パリ・コミューンにより類い稀な才能が花開きましたが、一九一八年、五十五歳のドビュッシーは再びドイツとの戦禍の内にその人生の幕を閉じることになります。

ドビュッシーの時代と今では百年という大きな隔たりがありますが、世紀の変わり目という時代の雰囲気には共通のものがあるのではないかと感じます。ドビュッシーの音楽は、最近とみに心に浸み込んでくるようです。また時を経て、最近聴く《亜麻色の髪の乙女》

は亜麻色のなかに少し白いものが混じってて、いっそう魅力的になっています。

〈沈める寺〉への誘い

ドビュッシーは不思議な音楽家である。

ベラ・バルトークは「私たちの時代の最大の作曲家」と言い、ピエール・ブーレーズは、二十世紀の作曲家で彼の影響下にないものはない、と考える。さらに先年亡くなった、我が国が世界に誇る作曲家・武満徹は自分こそドビュッシーの後継と言って憚(はばか)らない。

ワーグナーによりその究極に達したかにみえた西洋音楽の歴史に

さらに先があることを示し、二十世紀の音楽に新しい地平を拓いた作曲家として位置づけられるドビュッシー。

しかし、これほど重要視される割には実際の演奏会でとりあげられることは少ない。では玄人好みの衒学的で難解な音楽かというと、そうでもない。テレビ・コマーシャルやドラマ、映画のなかに多用され、音楽を効果的に用いようとするプロはドビュッシーの音楽の魔力を大いに利用している。我々は演奏会で聴かされるのではなく、日常それとなく聴かされているのだ。

何故こんなことになっているのか。

著者はドビュッシー音楽の本質的な部分にプロの演奏技術のみではどうにもならない非常に繊細な感性が要求されるためではないか、と推察している。

そこで著者の願いのひとつは、もっと素直に演奏家たちがドビュッシーを演奏会にとりあげるようになればということであった。そのためには先ず多くのひとにドビュッシー音楽をアピールすることが必要である。

著者は中学時代に聴いてショックを受けて以来、ずっと引きずってきたドビュッシーのピアノ曲〈沈める寺〉への想いを語ることをその手始めとした。そしてその印象的な音空間を読者と分かち合いたい、と思ったのである。

《まだ薄暗い朝、靄のかかった海を見ていると、気のせいだろうか徐々に大海原が盛り上がってくるような感じがして、思わず後ずさりする。

と、まず寺院の尖塔が波間に見えたかと思うと次第に寺院全体がその巨大な姿をあらわし、最後にはその寺院を中心とした広大な、苔むした古い町全体が海の水を滴（したた）らせながら浮かび上がってくる。

どうだろう、一旦こんな夢想が習慣となってしまった者に、その呪縛から逃れる術（すべ）はあるのだろうか――》

（島松和正・著、東京経済、一九九八年）

鳥の視点

所用でホテルの五階に泊まったときのことです。

朝、カーテン越しの明るい日差しに促されて起きると、外は爽やかな秋晴れでした。眼下には二つの川に挟まれて公園があり、公園とホテルの間の川には二本の橋が架かっています。公園側からこちらへやってくるひと、ホテル側から公園へ向かうひとが往来します。

しばらく眺めていましたが、誰一人私の方を見上げるひとはおりません。皆、自分の足元から正面の目の高さでこと足りているようです。

その時でした。手前の川を左手から一陣の風のように、両手のひらを広げたほどの褐色の鳥が視野に飛び込んできました。その鳥はいっきに二つの橋をくぐり抜けると公園側のこんもりとした竹林のてっぺんにとまりました。

橋を歩くひとからはその鳥を見ることはできませんがその鳥は往来の人々のようすが見えているに違いありません。ゆうゆうと羽繕いをしながらしばしの休息をとっているようです。

しばし私もこの鳥の立場で公園全体を見渡すことができました。なにか公園のなかを行き来している人々に対する優越感のようなものすら抱きました。そして、この鳥の視点を常に忘れないようにしなければとおもいました。

この時です、急に黒い影が私の頭の上をよぎりました。見上げるとさらに高いところで大きなトビが下をうかがっていました。

楽に寄す

人生の困難なときに救いの手をさしのべてくれると同時に人生をより豊かにしてくれるもの、私の場合は音楽がそれです。
小学校六年の頃より少しずつ音楽の魅力にめざめていたのですが、中学二年のとき出会ったドビュッシーの音楽《亜麻色の髪の乙女》は私を広大なクラシック音楽の世界へ誘ったばかりでなく、それに派生するさまざまな世界を垣間見せてくれることになりました。

2000年

なかでもとくに気になったのが同じ作曲家の前奏曲集第一巻の第十曲にでてくる《沈める寺》という曲です。そしてドビュッシーに作曲させるきっかけとなったケルトの伝説に思いを馳せることになります。

フランスの西の端のブルターニュに四、五世紀ごろコルヌアイユという王国がありました。その王グラドロンは愛娘ダユのために海辺にイスという名の美しい町を造ります。イスの町は繁栄を極め、王女ダユと町の住民は享楽的な生活を謳歌します。しかしこのダユが原因となりイスの町はダユとともに海に沈むことに……。

さらにこの伝説には続きがあって、ブルターニュの漁師たちは天気のよい日、朝靄が晴れると教会の鐘や僧侶たちの聖歌とともにこの町が浮上してくるというのです。そして町の中央にある大聖堂の鐘や合唱がひとしきり聞こえたのち、イスの町はふたたび海洋深く沈んでいく……。

私はドビュッシーの音楽とともにこの伝説が頭のどこかにずっと引っ掛かっていました。ある時、学会でヨーロッパに行った折、かねてより憧れのドビュッシーの生家を訪ねました。彼が生まれたサン・ジェルマン・アン・レーはパリからセーヌを下って十七キロ郊外にあり、パン通り三十八番地の生家は、現在はその二階がドビュッシー記念館で一階は小さな観光案内所になっています。せっかくなので、ここでイスの町の伝説のことを尋ねると、受付の無愛想な青年が観光案内の冊子を黙って差し出しました。見るとブルターニュの観光スポットを紹介したもので、青年は頁をめくって「ドゥアルヌネ湾の伝説」というところを開いてくれたのですが、その頁の半分をしめる一枚の絵に私の目は釘づけになりました。

それはエヴァリスト＝ヴィタル・リュミネの『グラドロン王の逃走』という絵画で、中央に王女ダユ、右手にその父グラドロン王、左手に聖ゲノレを配し、背景には迫りくる波と、遠くに沈みゆくイスの町が描かれています。絵の横にはカンペール美術館と記載されていました。

カンペールはフランスの西の果てのフィニステール県の中心都市で、かつてグラドロン王が治めたコルヌアイユ王国の首都でもあります。この時はそのまま日本に帰りましたが、この時以来いつかブルターニュのカンペール美術館とイスの伝説の〝地の果て〟までいってみたいと思うようになりました。そして幸いにも数年してこの思いがかなうときがやってきました。

パリはモンパルナス駅からTGVに乗り、西の終点カンペールまで四時間半かかります。この町は二つの川の合流地点に位置しています。駅からオデ川沿いに歩くとまず左手に歴史を感じさせる格調の高い劇場が目に入ります。いかにも古い町です。

右手のサン・コランタン大聖堂の後ろ姿を目標にさらに川沿いに歩いていくと大聖堂の正面ファサード前の道路と交差点に出ますが、なんとこの道路には「グラドロン王の通り」と表示されていました。

大聖堂を正面にのぞむと二つの尖塔のあいだに馬上のグラドロン王の彫像があります。この王様にちなんで毎年夏に祭りが行れ、以前はこの像の後ろに登った男がグラドロン王にワインをすすめる仕草をして、飲み干されたグラスをファサード前の群衆に投げたそうです。そしてこのグラスをこわさずに受け止めたひとには賞金が与えられたといいます。

この大聖堂の横のレネック広場を挟んで向かい側にめざすカンペール美術館がありました。

因みにこの広場はルネ・レネックに因んだものでレネックは自ら発明した聴診器で患者の肺と心臓の音を研究し、「間接聴診法」を著しています。胸部臨床医学の父、と呼ばれる大先生ですが、このレネック先生の像が広場の中央にありました。フランスの〝地の果て〟まで来て非日常的な世界にひたっていたのにまた医学の世界に引き戻されてしまいました。

カンペール美術館は中世の歴史画やポンタヴァン派の絵画など予想以上に充実したコレクションを誇っています。お目当てのリュミネの『グラドロン王の逃走』はこの美術館の目玉のひとつで入口を入ってすぐ右の大きな展示室にあります。縦二メートル、横三メートルのこの絵はイスの伝説のクライマックスを描いたもので、沈みゆくイスの町から王とその愛娘（ダユ）が馬で逃れようとしています。そこへ聖ゲノレが王に向かってその王女ダユを振り払うように指示しているのです。躊躇した王は最後には聖ゲノレの一撃もあって娘をあきらめます。

私はパンフレットで飽きるほど見た絵の実物を前にしてただ呆然と立ち尽くしていました。

翌日は、カンペールから十キロ余りのドゥアルヌネへ向かいます。ブルターニュ地方には、水没した町の伝説が各地にあるのですが、イスの町の沈んだ場所としてはこのドゥアルヌネ湾に伝わる伝説が有名です。

道路から砂浜におりて波打ち際まで相当な距離があります。この砂浜は「リスの浜」と呼ばれ、伝説の町イスの訛ったものといわれています。またドゥアルヌネ湾には《トリスタンとイゾルデ》の伝説ゆかりの小さなトリスタン島もあります。

時間がありませんから早く〝地の果て〟まで行くことにしましょう。

ドゥアルヌネの町をでてブルターニュの突端のラ岬にやってきました。私が訪れた時にはつよい芳香を放つ黄色いハリエニシダが印象的でしたが、このようなのどかな風景は夏の一時期だけで、あとは草木も生えない不毛の地です。

ラ岬の右手はるか奥に神秘的なたたずまいのトレパセ湾崖が見えます。

王女ダユと一夜を共にした愛人たちは翌朝までに殺害され、その亡骸（なきがら）は断崖よりトレパセの海に投げ込まれたといわれます。また、このトレパセ湾にこそイスの町はあった、とする伝説もあります。

岩礁が多く海難事故が絶えないといわれるこのラ岬に立つと、海に沈んでセイレーンとなった王女ダユの妖艶な姿と歌声に惑わされ海に身を投じた船乗りたちがいてもおかしくないという気になってきます。そして大西洋を遠く一望しながら、ドビュッシーのピアノ曲に誘われてこんな〝地の果て〟に立っていることを不思議に思いました。

シューベルトは音楽にたいする真摯な感謝の気持ちを《楽に寄す（An die Musik）》に託しました。私はシューベルトのように名曲を作ることで音楽に報いることはできませんが、音楽にたいする感謝の気持ちだけはシューベルトに負けません。

2000 年

至福

ヨーヨー・マの演奏会にいった。二夜連続のコンサートというのも珍しいが、バッハの無伴奏チェロ・ソナタ全六曲というのには正直いって難行苦行を覚悟した。しかしバッハの音譜は完全に咀嚼され、マの血となり肉となって自然な息づかいで優しく語りかけてきたのだ。たった一本のチェロから紡ぎだされる奇跡のような音楽はシンフォニー・ホール全体に至福の時をもたらした。それにしても、流れるような演奏のなかにあるマの間がすごい。

患者さんを診る

開業して四、五年経ったころだろうか、ひとりの老女が新患としてやってきた。彼女の主訴が何であったか、その時に何と診断したのか、今となっては定かではないが、私は型通り病歴をとり、手を握って脈の性状を確かめ、普通に現症をとった後、考えられることを述べ、今後の方針を話し、なにがしかの処方をしたに違いない。

この時、患者さんが涙を流さんばかりに喜んで幾重にも感謝を述べる姿に、医師冥利に尽きるとはこういうことだ、と心の中で思った。ところが、その患者さんは最後に、「こんなに診察していただいたのは初めてです。久し振りに聴診器をあててもらいました」とつけ加えた。

彼女は普通に診察されたことに感激したのであって、「医師冥利に尽きる」とこちらが嬉しくなるようなレベルのことに対してではなかったのだ。ささやかな私の自己満足は吹き飛んでしまった。それでも私は、まともな診察を受けたことがなかったというこの患者さんは、不幸な例外だと思うことにした。

しかしその後間もなくして、それが例外ではないことを知らされることになる。医師に診てもらいにいった筈のかなりの患者さんが、診てもらっていないのである。

某基幹病院の救急外来を受診したある患者さんは、ＣＴと血液の検査をされた後、若い医師から異常がないので帰っていいと言われ、安心はしたものの何か割り切れないものを感じた、と私に訴えた。その医師は検査の説明だけで、その間、患者さんを「見る」ことはあっても決して「診る」ことはなかったのである。

さらに最近では、この「見る」だけでもかなり危うい状態にあるという。ある患者さんによれば、医師は自分の前のコンピューターに向かってキーボードを叩くことに夢中で、目を合わせて話してくれることがない、すなわち「見る」ことすらなくなっているらしい。

そして今年になって遂に、私は究極のケースに出くわしてしまった。中年の女性患者さんが皮膚科を受診して「おなかに蕁麻疹ができているようですが」と言うと、先生は「では蕁麻疹のお薬をあげましょう」と言い、患者さんが「でも庭の草取りをしたから虫刺されかもしれませんが」と言うと、先生は「では虫刺されのお薬もだしましょう」と応じただけで、一度も患者さんのお腹を「診る」どころか「見よう」ともしなかったという。

最も鮮度の高い時期の医学教育を担う大学でこそ、難しい医学知識をつめこむ前に基本的な診察の重要性をもっと強調していただきたいと思う。

箪笥

どちらかというとハリウッド映画党なのだが、怖い映画だという妻の誘いにのって韓国映画の『箪笥（たんす）』を観にいった。ほんとうに吃驚（びっくり）した。そのホラー度に驚いたのではない。その美しい映像、印象的な音楽、そしてストーリーに、である。韓国で映画は国を挙げてのプロジェクトだときくが、目標を定めて人と財力を本気で注ぎ込めば、短期間でこんな飛躍が可能なのかとホラー以上にゾクゾクした。

ペイシャントからクライアントへ

レスリー・バントという音楽療法士が、小児神経科の病棟で治療チームのメンバーとして働いた時のことを書いていた。

医師、看護師、心理療法士、絵画療法士、作業療法士、言語療法士、音楽療法士よりなるチームが、問題をかかえる一人の小児についてそれぞれの立場で関わり治療方針を検討している場面だ。

私がすこし奇異に感じたのは、その小児のことを医師と看護師は

「ペイシャント（patient、患者）」と言い、療法士たちは「クライアント（client）」と呼んでいることだった。職種の違いによる患者に対する呼称の違いと言ってしまえばそれまでだが、しかしよく考えてみると、この二つの呼称の間には大きな隔たりがあることに気づく。

クライアントは直訳すれば「依頼人」である。つまり、かかえる問題や用件はともかく、とにかく「人」が中心にある。これに対し、診断された病名のレッテルを貼られて病気のカテゴリーに押し込められた人の状態を表すのが「○○患者」という呼称である。

もし私が明日、胸部レントゲン検査を受けて肺癌が見つかったとしたら、どうだろう。その瞬間から私は、普通の「人」から「肺癌患者」という呼称の部屋に押し込められるのである。そしてさらに問題は、私自身も自らを「肺癌患者」と認識し、そう呼ばれることに甘んじるであろうことである。本来、肺癌を宣告される前も後も、「人」であることに変わりはないはずなのに。

前述の療法士たちの使っている「クライアント」では、「人」に「病気」が従属しているのに対し、医師や看護師の「患者」という言い方は、「病気」に「人」が従属している。従属と言わないまでも、「病気」に軸足がおかれている。

「(肺癌)患者」という呼び方よりも、(たまたま「肺癌」という問題をかかえている)「依頼人」という認識の「クライアント」という呼称のほうが全人的見地に立っているように感じる。

医師はもちろん、患者も「ペイシャントからクライアントへ」意識改革しなければならないのではないかと思う。

耳鳴りに音楽

「ふつう、無音じゃないよね。背景音があるよね?」と家内に訊ねると「ふつう、無音でしょう」と言われ、このとき初めて「耳鳴り」を知った。音楽好きの先輩友人であるY先生に検査していただき、「耳鳴り」は確定した。ついでに高音部の聴力低下のおまけもついていた。原因は経年変化(とし)らしい。「このていどの低下は、プロのヴァイオリニストでもないかぎり問題にはなりませんよ」と優しいY先生は慰めてくださる。しかし、この瞬間、好きな「音楽」が少し遠ざかった。

「耳鳴り」は、ほんとうに厄介だ。たまに「耳鳴り」を忘れていることもある。そこで、「耳鳴り」はどこへいった？　と、つい捜してしまう。しかし、この「耳鳴り」を捜してはいけないのだ。一旦「耳鳴り」を捜しあてると、もういけない。ずーっと蝉時雨のように鳴りつづけ、決して振り払うことはできない。無間地獄（むけんじごく）に陥ることになる。ただ、最近、「音楽」を聴きだすと「耳鳴り」が消えることに気づいた。「音楽」は、いまや趣味以上の存在となって戻ってきた。

虹

まるい虹を見た。真っ白い雲海に、シミのように見えた点が、ドーナツ状に大きくなった。そして初めて、それが虹色であることに気づいた。まるい虹は成長をつづけ、ついに窓一杯に拡がった。巨大な虹のドーナツはやがて徐々に小さくなり、シミの点になって消えた。昨秋、ニューヨークからの帰路、アラスカ上空での出来事だった。

私の腎臓はいつ良くなるのでしょうか

以前、大学病院に勤務している時、市中の透析施設に派遣されたことがありました。

そこで回診も半ばにさしかかったころ、ご高齢の女性患者さんから、「私は透析を二年もしていますが、腎臓は良くなりません。いつになったら、いつまで透析をしたら、私の腎臓は良くなるのでしょうか?」という質問を受けました。

この雑誌を読んでいる患者さんの多くは、ご自分がなぜ透析を受けているのか、すでにお分かりのことと思います。従って、この患者さんの質問を奇異に感じられるかもしれません。しかし、心配なのは、読者の皆さんの中にも、この患者さんと同じ気持ちで（腎臓病を治す目的で）透析を受けている方が、万が一にもおられはしないか、ということです。

回診で質問された患者さんにとって不幸だったことは、透析（療法）を選択するうえでインフォームド・コンセントが正しくなされなかったことではないでしょうか。

インフォームド・コンセントを「説明と同意」と訳したものも多

くみられます。しかし、「十分に説明したうえで、同意を求める」のではなく、「十分な説明を理解することができたうえで、(患者さん自身が)自己決定する」のが本来のインフォームド・コンセントなのです。つまり、「(医療関係者が)説得して、ある治療法の選択へ誘導する」ものではありません。

まず、もともとの腎臓病が進行性で、後戻りできない(回復しない)性質のものであることを理解するのが出発点です。

では、最後にはどうなるのでしょうか?

腎臓の機能がほとんどなくなってしまうと、尿として排泄されるべき老廃物が身体中にたまり、尿毒症という状態に陥ります。そのまま何もしなければ、ほどなく死に至る状態です。透析がない時代は、この時点が末期腎不全といわれる腎臓病の終末期であったわけです。

しかし、何としても生き延びたいという強い意志があれば、現代ではいくつかの選択肢があります。その一つが「透析」です。機能しなくなった腎臓の代わりに老廃物を捨て去り、体液の組成を整える、生命維持の方法です。

従って、生きていくためにはずっと「透析」を続けなければならないのです。腎臓病を治すためではなく、生き続けるための方法なのです。

この「透析」には、「血液透析」と「腹膜透析（CAPDを含む）」があります。それぞれ一長一短があり、また向き不向きもあります。

「透析」のほかにもう一つ方法があります。それは「腎臓移植」です。正常な腎臓の移植が成功すれば、透析をしなくても生きていくことができます。

「移植」には「献体腎（死体腎）移植」と「生体腎移植」があります。いずれも大切な点は、腎提供者（ドナー）自身の積極的な意思であり、周りの者や医療関係者が強制したり誘導したりするものではありません。

末期腎不全を生きていくには、現時点では「透析」か「移植」以外に選択の余地はありませんが、もう一つ、第三の選択肢として、末期腎不全をご自分の「寿命」と考えられた患者さんがおられたことも記しておかなければなりません。

「透析」や「移植」による生命維持の可能性を理解したうえで、いずれの方法も選択せずに、従来の保存的治療のみで診てもらいたい、という信念を固持して逝かれました。

以上がご質問に対する答えです。答えを聞いた患者さんは絶句されましたが、しばらくしてその患者さんは「透析」で生きていくべく、積極的に「自己管理」に励むようになられました。

辞世のダンディズム

少年の頃、『ローハイド』という西部劇に夢中だった。その中の若いカウボーイが、後にオスカーに輝く映画監督になるとは——。

クリント・イーストウッド監督の映画は、とりあえず観ることにしている。題材は様々だが、いずれも面白い。最近、『グラン・トリノ』を観た。往年のマカロニ・ウエスタンの英雄は、無法者を相手に究極の壮絶な結末を用意していた。イーストウッドは、幾つになってもクールだ。

母の思い出

母の思い出話はいつも同じだ。九十三歳になる父は忍耐づよく聴いている。私は馬耳東風を決め込んでいる。先日、私は母に前日観たばかりの『白旗の少女』というテレビドラマの話をした。沖縄戦の最期を生き抜いた六歳の女の子の話だ。この話が、母の記憶の新たな抽斗（ひきだし）を開いたらしい。耳だこではない話をしだした。

昭和二十一年、母が二十三歳で父の許に嫁いだばかりの頃。午後から急な雨にみまわれた日、電車通勤だった父を迎えに、母は傘と長靴をもって自宅最寄りの駅にでかけた。駅に着くと進駐軍のアメリカ兵が四、五人いた。関わりたくないと思って身を固くしていた母の懸念は現実のものとなった。近づいてきたアメリカ兵たちに囲まれてしまったのである。長靴に触ろうとした兵隊に、「ハズバンド！　ハズバンド！」と、なけなしの英語で母は長靴を指差しながら叫んだ。取られてはならないと、必死で傘と長靴を胸にかき抱いていた。俯（うつむ）いてじっと恐怖に耐えていた母に、やがて兵隊たちは笑いながら立ち去ってくれた。駅に着いた父は、長靴に履き替えることなく帰宅した――。

暫くして雨の朝、長靴を履いて出勤しようとした父は、靴底の異変に気づいた。慌てて脱いでひっくり返した長靴からは、たくさんのキャンディやチョコレートが出てきた。

今年八十七歳になる母の思い出である。

配偶者は鏡

長年つれ添ったご夫婦をみていると、いろいろな面でよく似ておられるなあ、と思うことが多い。でも体質や病気までも似てくるのだろうか——。

最近、インターネットを通じて海外の医学雑誌が無料で最新情報を配信してくれる。通勤途中で音楽を楽しもうと購入したアイポッドを充電するためにパソコンにつなぐと、ついでに夥(おびただ)しい数の医学情報が

2010年

ダウンロードされてくる。そんな中の一つ、ジョンズ・ホプキンスの医学ポドキャストで、認知症を話題にしていた。

六十五歳以上の夫婦一、二二二カップル（二、四四二名）をフォローしたところ、配偶者が認知症になった人は、配偶者が認知症でない夫婦の実に六倍も認知症になったという。夫婦では同じ環境に暴露されていることや愛するひとが認知症になった姿をみるストレス、さらにそれを介護するストレスなどが原因となるらしい。同じ船にのった、いわば運命共同体のような夫婦ならではの結果か。してみると、配偶者に起こることは自らのアウトカムでもあるわけだ。配偶者の知的および肉体的健康状態を、鏡に映った自らの姿として日頃から気遣っておくことが大切なのだろう。

ところで、おまけの分析であるが、夫が認知症になった妻が認知症になるリスクは、妻が認知症になった夫が認知症になるリスクの三分の一だったという。男性にくらべて女性が同じ環境でもストレスにつよいためであろうか、とはコメントされていなかった。

参考文献：*J Am Geriatr Soc* 58:895-900, 2010

ショパン・イヤー

ドイツ軍と戦うパリ。自らは直腸癌と闘いながら、ドビュッシーは最期の力をふりしぼってピアノ曲「十二のエチュード」を完成させる。この傑作をかれは二人の作曲家のどちらに献呈するか迷う。母国フランスの大作曲家クープランにしようか——、孤高のドビュッシーにとっても国威発揚のムードのなか、迷ったにちがいない。しかし結局、生涯敬愛してやまなかった、そしてこの作品の創作にかかりたててくれたショパンへ捧げた。ショパンのエチュードがなかったらドビュッシーのエチュードも生まれなかったのだ。今年はショパンの生誕二百年。世界の音楽界はショパンに明け、暮れる。

ユニークでありつづけなさい

今年は、ドビュッシー・イヤーである。

と、大見得をきっても、「なんじゃ、それは?!」と声がかかりそうである。そこで、映画やコマーシャルに多用されている《月の光》や《亜麻色の髪の乙女》の曲名を告げると、「あぁ、印象派の作曲家ねっ」で終わる。

確かに、一昨年のショパン・イヤーは、クラシック音楽好きでなくともすぐにわかった。だが、ドビュッシーについては、すこし説明がいりそうだ。

パリ・コミューン後の混乱の中、ショパンの弟子だったモーテ夫人のピアノ指導を受けたドビュッシーは、十歳で名門パリ音楽院に入学する。ただちに才能を発揮し、自らの「耳」に心地よく響く規則破りの和音をピアノでかき鳴らしては、保守的な教授たちを戸惑わせた。

それでも、ドビュッシーは、当時として最高の栄誉であったローマ大賞を得てヴィラ・メディチに二年間の留学を果たす。が、そこでドビュッシーが見たものは、かつての革新の精神を失い、確立した権威の一員となったエリート芸術家たちの姿だった。

パリへ戻ったあとも、ドビュッシーは、ローマ賞受賞者としてそつなく仕事をこなす音楽院の仲間たちとは一線を画した。むしろ、象徴派の詩人たちを中心とする文学者や画家たちとの交流のなかに自らの美学追求の場を求めた。

西洋音楽は、平均律の確立とともに、「調性」（長調や短調など）の枠組みで作曲される伝統的な方法が二百年続き、多くの実りある音楽作品を生み出してきた。しかし、ワーグナーを最後の頂点として、音楽は一種の閉塞状態に陥っていた。つまり、ドビュッシーもふくめて、ワーグナー以後の作曲家たちは、新たな革新の地平を求めて呻吟（しんぎん）する状態にあったのである。

一八九四年、マラルメの象徴詩にもとづくドビュッシーの管弦楽曲《牧神の午後への前奏曲》がパリで初演された。冒頭のフルートの魅惑的な調べとともに、「調性」の鳥籠の扉が開かれ、音楽は自由で広大な空間に解き放たれたのであった。さらに、ワーグナーの「先」を求めて、レモンの搾りかすのようになりながら生みだしたオペラ《ペレアスとメリザンド》で名声は確立し、レジオン・ドヌール勲章を授与された。

しかし、その後も、ドビュッシーは、自らの「先」を求めて、革新的美学を貫くことをやめなかった。第一次世界大戦の終わり、ドイツ軍によるパリ砲撃の中、ドビュッシー自身は、直腸がんと闘いながら、五十五歳の生涯を閉じる。

その後、現在まで、音楽は、クラシックはもちろんジャズやボサノヴァ、映画音楽など広範なジャンルにわたり制限のない多様性を獲得してゆく。ドビュッシーの革新は、印象派という小さな括(くく)りではすまされない西洋音楽史上の大革命であった。

ドビュッシーは、音楽評論の中で、分身であるクロッシュ氏の言葉をかりて言う。

――ユニークでありつづけなさい。環境や地位に穢(けが)されることなく。

ドビュッシーは、伝統的な音楽作法のあらゆる禁じ手を用いて、美しい音楽を創出した。そして、周りに左右されず、最期までユニークでありつづけた。

郵便はがき

料金受取人払郵便

博多北局
承認
3150

差出有効期間
2021年7月
31日まで

812-8790

169

福岡市博多区千代3-2-1
麻生ハウス3F

㈱梓書院

読者カード係　行

ご愛読ありがとうございます

お客様のご意見をお聞かせ頂きたく、アンケートにご協力下さい。

ふりがな お名前	性別（男・女）
ご住所 〒	
電話	
ご職業	（　　歳）

梓書院の本をお買い求め頂きありがとうございます。

下の項目についてご意見をお聞かせいただきたく、
ご記入のうえご投函いただきますようお願い致します。

お求めになった本のタイトル

ご購入の動機
1書店の店頭でみて　2新聞雑誌等の広告をみて　3書評をみて
4人にすすめられて　5その他（　　　　　　　　　　）
＊お買い上げ書店名（　　　　　　　　　　）

本書についてのご感想・ご意見をお聞かせ下さい。
〈内容について〉

〈装幀について〉（カバー・表紙・タイトル・編集）

今興味があるテーマ・企画などお聞かせ下さい。

ご出版を考えられたことはございますか？

・あ　る　　・な　い　　・現在、考えている

ご協力ありがとうございました。

今年八月二十二日は、ドビュッシー生誕百五十年。世界の音楽界は、ドビュッシー・イヤーの真っ只中である。

動く日陰

灼熱の真夏日、軒下の日陰で小休止。ほっと一息ついたところに一陣の風――最高である。しかし、いずれ歩きださねばならない。なんとか「軒下の日陰」がついてきてはくれないものだろうか……。

一つ方法がある。日傘だ。それもコウモリ傘だ。女性の日傘は、日焼け防止と思い込んでいた。そうか、涼しいのか。この移動する日陰には電気エネルギーもいらない。汗の量も減る。ついでに紫外線も減る。エコだ。ただ、慣れないうちは、あちこちに置き忘れる。やはり初期投資は必要なのか。

町なかの川

診療所の近くに小さな川がある。西鉄電車の二日市駅から西へ数分も歩くとこの川をまたぐ橋にでる。橋の親柱には「たかおがわ」とある。南北に流れるこの川を橋の上から北側を臨むと、左（西）の方からこの川に、さらに川幅の狭い小さな川が合流している。名前は不明である。方形のコンクリートが並んだ川底が露出して、お世辞にもきれいな川とはいい難い。が、この橋をわたるとき私はこのT字の合流点に目がいく――。しばしばそこにサギがいるからだ。

最初、シラサギに遭遇した。純白の決して大きくはない繊細な鳥だ。ちょうど二つの川が合流する地点で、西から流れこむ川に向かって突っ立っていた。漁をするところを見たいと思ってしばらく待ったが、ピクリとも動かない。置物のように佇立（ちょりつ）したまま時がたつ。とうとう諦めて私は立ち去った。その後も同じ場所にシラサギは、立ったまま、動いているところを見られることはなかった。あの華奢な身体を維持するのにちゃんと獲物をとっているのだろうか。心配になってくる。オブジェ然とした姿に慣れきってしまっていたある日、くちばしにピチピチ動く小魚をくわえた場面にでくわした。小魚とはいえ、か細いサギのくちばしにはちと大きく、うまく口に運べるのだろうか、よしんば口までもっていけたとしても果たしてあの細い首を通るのか、見ていると心配の種は尽きない。しかし、動く魚を十字にくわえていたサギは、やがて巧みに獲物を縦にして頬ばるとたちまち飲み込んでしまった。たまには食餌にありついているのだとわかり安堵した。じっと動かないシラサギの姿は、もう川面の風景の一つの要素となっていた。

そんなある日、いつものように流れの交差点に目をやった私は、ギョッとした。グロテスクな灰色の巨大な鳥に替わっていたのだ。小さな川には似つかわしくないサイズのこの鳥も、佇立したままピクリとも動かない。その出立ちの迫力にドキドキしながらも、しばし見入ってしまった。その鳥の正体を明らかにすべく、帰宅すると鳥類図鑑をひっぱりだした。「コウノトリ目、サギ科」のアオサギだった。日本に棲息するサギ類の中では最大の鳥らしい。因みに、はじめにお目にかかったシラサギはコサギで、もっとも小さなサギである。ダイサギ、チュウサギ、コサギと、大中小のシラサギがいるらしい。シラサギという呼称は、これらサギたちの総称であった。

では、あのコサギはどうしたのだろうか。アオサギにやられたのだろうか。心配していたら、ある日、流れの交差点の主はコサギに替わっていた。無事だったのだ。ほっと胸をなでおろす。その後、巨大なアオサギと華奢なコサギは交替でみとめられた。たまたま重なった時には、さすがにアオサギが交差点に佇立し、コサギはその四、五メートル周辺を歩き回っていた――。

ふと思い出した。娘の高校時代の担任K先生がこの地域を調査され、分担執筆された別冊をいただいたことがあった。書棚の乱雑なファイルの中から探し出した別冊（「筑紫野市史」、平成十一年発行）を詳細に読みなおした。名もないと思っていた川の名は、鷺田（さぎた）川（がわ）だった。

ソフトランディング

　数年前に同門の後輩M君の卓見(たっけん)を読んで以来ずっと気にかかっている。日本の適正人口は何人か、という問題である。我が国の人口減少は止まらない、少子化対策が必要だ、産めよ増やせよ、と喧(かまびす)しい風潮に対し投じられた一石だった。

　では、まず現在の日本の総人口一億二千万人は適正なのだろうか？

日本の国土規模に近いヨーロッパ先進国、英国、ドイツ、フランス、イタリアの総人口は六千～八千万人である。そこで、ザックリ考えてみる。

日本の0歳からの各年齢層の人口を仮に百万人とすると、0～十九歳が二千万人、二十～三十九歳が二千万人、四十～五十九歳が二千万人、六十～七十九歳が二千万人、八十歳～が一千万人として、合計九千万人となる。

これは、先のヨーロッパ先進国に比べるとやや多いが、六十歳以上の人口をより少なく見積もれば似たような人数になる。

とりあえず、日本は八千～九千万人あたりでソフトランディングするのも有りか――。

そもそも頭でっかちの人口ピラミッドには終戦後のベビーブームという特殊事情がその背景にある。頭でっかちを構成する僕ら団塊世代が通過してしまえば事情は大きく変わるはずだ。

女性一人が産む子供の数でみると出生率は、フランスという成功例では二人を上回っている。

各年齢層の人口を百万人と仮定すると、半分の五十万人の女性から百万人が誕生することになる。

つまり、人為的に（政策的に）出産・育児にかかわる社会環境を整えれば、各年齢層の人口を維持できることになるわけだ。

で、とりあえず、一過性に膨らんでいる僕ら団塊世代への姑息的な対応はしていただかなくてはならないが、これが恒常的に必要かというとそうではない。僕らが通過してしまえば姑息的な対応はいらなくなる。ソフトランディング後の社会環境の維持量だけをしっかり整えておけばよいことになる。

一過性の対応による余剰金はすべて出産・育児の環境整備に回すことにより、フランスのように出生率二人を達成できるのではないか。と、まあ、こんな話を友人にしたところ、人口は国の力だ、人口減少は国力を弱くする、と一言で否定されてしまった。いやはや、色んな意見があるものだ。

ボルサリーノ

猛暑の夏は、動く日陰、コウモリ傘を愛用していたが今年からは広いつばの帽子にした。

昔は、ハゲ隠しと思われるのではないか（実際ハゲだが）と、まったく発想になかったが妻のススメで被りだした。帽子と日焼け止めクリームでの朝の通勤は思いのほか快適である。

こうもり傘との決定的な違いは当然のことながら傘を持たなくてよ

いことだ。

会う人は、カッコイイ！　とお世辞を言ってくれる。

――やはりハゲ隠しのようだ。

成熟社会の矜恃

『カヴァフィス　詩と生涯』（ロバート・リデル著）を読んでいたら、次のような部分があった。

――ジョンは彼に年金でつましく暮らしてゆけと忠告した（年金は債権者が差し押さえできない）。［茂木政敏、中井久夫・訳、傍点は原文のまま］――

詩人カヴァフィスの伝記の本筋からは外れるが、年金のことが気になった。

多額の負債をかかえた詩人の兄パヴロスに別の兄ジョンがアドヴァイスしている。約百年前のヨーロッパのことである。

要するに、年金を借金の形にとることはできない、ということ。どんなに負債をかかえている人でも、年金だけは保証されているのである。額の問題ではない。姿勢の問題である。

年金には、それまで社会の一員として生きてきた人々に対する敬意と感謝そして慰労の思いが込められていなければならない。

年金を支給するシステムの不備はもちろん、年金から天引きをするというような浅薄な行為は、洗練された成熟社会の対極にあると思う。

我が国の現状は、憤りを突きぬけて、ただ哀しい。

コーヒーの効用

夜を徹して仕事をしなければならない時にコーヒーが有効な人は幸せである——。

食通の元祖、ブリヤ-サヴァラン（一七五五～一八二六）は、ある時、大臣から急ぎの用を命じられる。彼は徹夜の覚悟で夕食後に大きなカップでコーヒーを二杯飲んだ。

ところが、手違いのため肝心の書類は翌日でなければ届かないことがわかる。

さあ、いかに寝ないで仕事をするか、という方針が、如何にして眠るか、という問題に替わってしまう。

彼は、とりあえずいつもの時刻にベッドに入る。まあ、いつものような安眠は得られなくとも四、五時間は眠れるだろう、そうすればもうすぐに明日になる、と考えた。

「とんでもない誤算だった。床の上で二時間過ごすと、目はますますさえるばかり。神経はひどく興奮して、何だか自分の頭脳が粉挽き機みたいに思われ、何かその挽き臼の中に物を入れてごろごろやらないことには納まりがつかないような気がした。

わたしはこうした気持ちをすりへらさなければならないと思った。そうでもしなければ、とうてい休息の要求が出てきそうになかったからである。そこでわたしは最近英書の中でよんだ短い物語を韻文に移すことにとりかかった。

わたしはそれをわけなくやりとげた。それでもなおいっこうに眠くならないので、また第二の仕事をやったが、こんどはむだだった。十二行ばかりも訳すとわたしの詩想は全くかれてしまい、仕事はそれきり断念しなければならなかった。

それでわたしは一晩じゅう眠らずに過ごした。全く一睡もしなかった。翌朝はいつものように起きてしまったが、一日じゅう少しも眠くなかった。食事をしても仕事をしても同じことだった。とうとう晩になっていつもの時刻に床にはいったが、数えてみると四十時間わたしは全然目を閉じなかったのであった」(ブリヤ - サヴァラン著、関根秀雄／戸部松実 訳『美味礼賛』岩波文庫、一九六七年)

僕も寝る前にコーヒーを飲んでみることにした。ベッドに入りブリヤ - サヴァランの本を掲げて読み始めた。数行を読んだばかりで頁をめくることなく睡魔のため本が顔面に落下、一瞬痛みが走ったようだったが、あとは覚えず翌朝まで意識がもどることはなかった。

事情

2014年

先日、知人のTさんに会った時に言われた。

「この間、朝、お会いした時にご挨拶したのですが気づかれませんでしたね。なにか考え事をされながら歩いておられたようですね」。訊けば、真剣な顔つきで競歩のような足取りだったらしい。

続いて、「センセイはいつもああやって周りには目もくれないで歩きながら深く思考されているのですね」、と半ば揶揄（やゆ）ぎみに感心された。とりあえず非礼をわびたが、「深い思考をしていた」というのは誤解である。

友人の大学教授O氏は、やさしい笑顔と温厚な人柄でつと有名な人物である。そのかれが以前ぼくに語ってくれたことがある。自他ともにみとめる穏やかな日常の中、かれ自身も驚くほど人格が変わる瞬間があるというのである。

それは車の運転中のこと。信号待ちでは青に変わると同時にダッシュし、必ず横の車より速くなければならないのである。もちろん追い越されることはもっとも受け入れがたい状況だという。つまり、ハンドルを握ると人格モードがすっかり変わってしまうらしい。かれの日頃のイメージとはおよそかけ離れている。

実は他人ごとではない。ぼく自身にもその種のことがあるのである。そしてそれが冒頭のTさんへの失礼の原因でもあった。

ぼくはO氏ほど温厚ではないが、物事に対してはほぼ寛容である。ギャンブルにも関心はなく、勝ち負けにも拘泥しない、競争心ほぼゼロの性格だと思っている。

ところが、である。O氏のような例外的なモードに突入することがあるのである。


歩くのが好きで、片道三十分ていどならどこへでも歩く。通勤も最寄りの駅まで十五分の歩きである。しかし、この歩きが問題なのだ。

ある時、前を歩く人々をことごとく抜き去って歩いている自分に気づいた。べつに競争心からではない。ただそういうモードに入ったとしか言いようがないのだ。なぜこの短い脚でそれが可能なのかは不明だが、おそらく回転数か脚力の優位性があるのだろう。

ときどきこの優位性を脅かすのが若い女性である。追い越すのが難しい場合や逆に追い越される場合、ほとんどが若い女性である。この時ばかりはある種の緊張感がはしる。それは、抜き返さなければならないという強迫観念と、相手は若い女性であるからストーカーと間違えられては困るという思いのためである。

その結果、苦虫をかみつぶしたような顔で、その女性を視野に入れないようにしながら前方直視状態で競歩的に突き進むしかないのである。もちろん頭の中はTさんが想像したような哲学的な深い思考があるわけがない。不幸にもTさんはこの状況でぼくに遭遇したのだった。

いろんなことの背景には、思いおよばない事情があるものである。

オールバック

遺伝と経年変化（とし）のため頭髪は減少してくる。

若い頃は、一応、七三（しちさん）に分けていた。それが成り行き上、八二（はちにー）、九一（きゅういち）とヘアスタイルが変貌をとげてくる。

かかりつけの美容師さんの苦労も並大抵ではないはずだが、そこは何事もなかったかのように同じ料金で高度なテクニックを駆使してくれる。

が、これもいよいよ限界に達したかなー?、との客(僕)の冷静沈着な判断で、今年ついに新たなヘアスタイルの注文をだした。

休日の朝一番に予約をとり、勢い込んでヘアカットに行くなり、「オールバックでお願いします!」と告げた。

くだんの美容師さんの返答は一瞬とどこおったが、そこはプロ。平然と「わかりました!」と言ってのけた。

しかし、よく考えてみると、生え際が前額部ではなく後頭部まで後退している場合、果たしてオールバックと言えるのか?

オールバックの定義自体が根底から問い直されなければならない事

態であった。

因みに、あとで広辞苑をみると、オールバックとは「のばした髪を左右に分けないで、全部後方へなでつけた髪型」とあった。やはり定義に不備がある。

それでも彼は（男の美容師さんである）、またたく間に革命的作曲家シェーンベルクか超厳格な名指揮者ショルティばりの、と言っても分かってもらえない向きには、小規模の「お茶の水博士」のヘアスタイルに仕上げた。

さて、まわりの反応やいかに——。

帰宅して家内の反応は、と思いきや……僕の頭の変化に気がつかない様子。翌日、職場での反応を期待したが、こちらも表面化した反応はなかった――。
そうか、ずーっとハゲだったのか。

まれな確率

　茶柱が立つ、と言って分かるのは年配の方だけかもしれない。最近はペットボトルのお茶が隆盛だから若い人たちもお茶は飲むが、さすがに茶柱は入っていないだろう。従って、茶柱が立つこともないわけだ。

　しかし、手ずからお茶を入れる人は茶の茎の部分が時々入ることを知っている。そして、たまにではあるが、その茎が湯呑みの中で縦になって浮いている状態に出くわすのだ。その瞬間、ほとんどの人はニンマリする。怒りだす人はいない。飲もうとした湯呑みの中に茶柱を見つけた人には、幸運が舞い込むことになっている。

つまり、茶柱が立つという現象はそんなに多くはないからに違いない。

そう言えば、たまに経験すると思っていた私の場合でもよくよく考えてみると、お茶を口にし始めて六十年以上の年月が経つが、数回経験しただろうか。いや、少なくとも二桁はない筈だ。してみると、やはり茶柱が立つのは、極めて稀なことなのだろうか――。

この茶柱を基準にして、この一年以内の稀な出来事を振り返ってみると、すぐに思い当たることが三つある。

一つは、薬だ。

若い頃には全く縁のなかった定期の服薬が齢を重ねるごとに増えてくる。一方、数が増えた錠剤をとり扱う指先は繊細さを失い不如意となってくる。

その晩も、テーブルの上で不機嫌に（楽しい作業であるはずもなく）、錠剤を一つひとつ取り出していた。ぞんざいな取り出し方と指先の把持力（はじりょく）低下が相まった当然の帰結として、錠剤を取り落としてしまった。

そもそも不機嫌な作業だったのだから、この自業自得とおもわれる出来事に対しても怒りが込み上げてくる。チッと舌打ちをして、大きくため息をつき、お尻で椅子を後方に押しやり不承不承テーブルの下にしゃがみ込んだ。

次に、消えた錠剤を探そうとしてテーブルの角にしたたか頭をぶつける。怒りは最高潮に達してしまうがそれをぶつけるところはない。しかたなく平身低頭して錠剤の行方を求める。――あった。次の瞬間、鬱屈した怒りは霧散してしまった。

丸い錠剤が、わずかな厚さの縁で立っていたのである。

その錠剤の神々しい姿に、今までの不遜な行為を恥じながら平身低頭のまましばらく見入ってしまった。とてもすぐに手に取れる状態にはなく、服用までに時間がかかったのは言うまでもない。

その後、何度か錠剤を落としてみたが立つことはなかった。この事象の確率は一体どの位なのか。

二つ目は、飛行機だ。

数年前、東京から福岡へ帰る飛行機の中で、突然、（そうだ、紙ヒコーキを作ろう！）と思い立った。

さっそくインターネットで調べると、折り紙ヒコーキだ。国際基準はA４用紙を用いるらしい。私はA４用紙で試作を始めたが、将来的には家の中で楽しめるようにしようと千代紙もしこたま買い込んだ。千代紙ヒコーキだ。

しかし取りあえずは基本であるA４ヒコーキをマスターしなければならない。私の興味は滞空時間を競う種目である。

この頃、米国人が持っていた世界記録二十七・六秒が日本人T氏

（二十七・九秒）により破られたばかりであった。

しかしこれが実際に飛ばしてみると一、二秒で地面に落ちてしまう。たまに五秒超えすると感動する。因みに私の最高記録は十秒五〇だ。

紙ヒコーキは真上にできるだけ高く投げ上げた方がいいらしい。しかしヒコーキが手を離れる瞬間まで、両足は大地から離れてはいけないのだ。膝を十分に曲げて、全身の瞬発力を生かして一気に真上に打ち上げる。そう、まさにロケットを打ち上げるような気分である。

近くの公園で何度もアスリートのように紙ヒコーキを打ち上げているると通行中の人々がちらっと一瞥して通り過ぎて行く。子供たちは好奇の目で近づいてくる。私の齢になるとすこし勇気のいる楽しみではある。

本題に戻ろう。いつも公園で飛ばすわけにはいかないので、日頃は家の中で、水平方向に機体の調整をしながら練習する。

先日、そのようにして何度も飛ばしていたところ機体が消息を絶った。猫の額ほどの居間である。ふつうは探さなくても落ちた先は見えているし直ぐわかる。しかしこの時は、着地点が見えなかっただけでなく、それらしき場所を探しても見つからないのだ。こんな狭いところで見つけられないはずがない、と自分に言い聞かせながらテレビの後ろ、本棚の後ろや隙間、ソファの下、机の引き出しの中まで調べたが、ない。とうとう、やり場のない怒りが込み上げてくる。やがて疲れと諦めの境地に達して、それでも割り切れない気持ちのまま新たな紙ヒコーキを作る（……いったい、あの飛行機はどこに行ったのだろう）。こんな事象の起こる確率はどの位なのか。

三つ目、最後は石鹸である。

先日入浴中のこと。浴槽の横の鏡を前にして下駄のような小さな椅子に坐り、石鹸を手に身体を洗っていた。身体中を洗い終えて最後に頭を洗っている時のこと。ハゲたのはシャンプーのせいに違いないとの思い込みから、頭も石鹸で洗っていたのだが、後頭部から首筋を洗おうとして、滑って石鹸を取り落としたのだ。

慌てて後ろを探したが、ない。中腰で、下駄の椅子の下を見たが、ない。浴室の四隅を見たが、ない。排水溝にも、ない。もう一度、下駄の椅子を手に取って下を確認したが、やはりない。

焦ってはいけない。狭い浴室の中だから隠れ込む場所もない。冷静に原点に立ち帰ってみることが大切だ。私は椅子に腰かけ暫し考え込んだ。

――そうか！、なんだ、何故こんな簡単なことに気が付かなかったのだ。浴槽の中だ。以前にもあったじゃないか。

私は目を凝らして浴槽の中を覗き込んだ。ない。手で引っ掻きまわしても、ない。また、坐り込んだ。こんな単純な状況下で石鹸がなくなるという理不尽さに戸惑いを通り越して怒りが込み上げてきた。混乱した頭の中で、（もしかしてこの空間から別の空間へ逸脱したのではないか）と妄想が沸き上がってくる。（消えた紙ヒコーキにも同じことが起こったかもしれない）、妄想は留まるところを知らない。この時点で、目の前の鏡に気が付いた。

口をぽかんと開けて間抜けな顔をした自分の顔が映っている。情けない気分になって顔を背けた次の瞬間、見つけた！　石鹸が後頭部の髪に張り付いているのが鏡の中に映り込んだのだ。私はそのまま固まってしまった。

横目で鏡の中を覗きながら驚くと同時に感動していた。感動したのは、ただ石鹸が後頭部に張り付いていたからではない。ハゲのため頭頂部から後頭部にかけて毛はない。その後頭部にわずかに残った髪だけで石鹸をキープしていたのだ。私はすぐに石鹸を取ってしまうのが勿体ない気がして暫くあられもない自分の姿を見ていた。こんな事象が起こる確率は一体どの位なのか。

——考えてみると、僕らはかなり稀な確率の事象の中で生きているのではないか。ただ気づかないだけで、僕らの背後には夥しい数の稀な確率の事象が重なり合っているのではないか。確率論的に、それらすべての事象が一人の人間に起こる確率は、それぞれの稀な確率を掛け合わせたものであると考えると、極めて稀な確率ということになる。本当に、みんなそのような確率の中で生きているのだろうか。本当に確率論は正しいのだろうか……本当に気は確かなのだろうか、私は。

秋の夜長に

もし、あなたが二次元平面の住人であるとして、サッカーボールが通り抜けたら、あなたにはどう見えるのだろうか？

もちろん、サッカーボールは二次元平面では球としては認識できない。おそらく、点に始まり、小さな円が次第に大きくなってピークに達した後、その円は小さくなって最後に点に戻り消滅する、という現象が観察されるだけだろう。

2016年

十年前、私は、あるNHKのドキュメンタリー番組に釘付けになった。宇宙飛行士の若田光一さんと物理学者リサ・ランドール博士の対談である。

私たちの宇宙は五次元以上の次元でできているらしい、という話に聞き入った。三次元に時間軸を加えた四次元宇宙が私たちの宇宙だと思っていたのだが、どうもそんな単純な話ではないらしい。

ランドール博士は、私たちが自分たちの次元より多次元の世界を容易に認識できないのは、二次元の住人がサッカーボールを認識できないのと同じであると言う。

さらに、私たちの宇宙は唯一無二の存在ではなく、別の宇宙がたくさん存在するかもしれないとも言った。

若田さんは、隣の宇宙と連絡する方法はないのですか？　と訊ねる。私たちの閉じられた宇宙からは電波も光も外に出ることはできないから、通常の通信手段は使えないわけだ。

ランドール博士は、重力波だけが可能かもしれないと言った。百年前にアインシュタインにより予言されたものだ。そして、今年二月、米国でこの重力波の観測に成功した――。

最近、家内も私も両親の死を相次いで経験した。すこし前までは、死は毎晩就寝するのと大差ないのではないかと高を括っていた。意識がなくなって、後はなにもない。無だと思っていた。

しかし、前述したように私たちが存在する宇宙のことも何も分かっていない。死後についても四次元の頭で考えること自体が不遜の行為に思えてくる。

結局、死んでみないと分からないということか。そう考えてくると、死ぬことは、すべての人に等しく与えられた貴重な機会であるという見方もできる。だが、今のところ他界した人から死後の世界についての便りはない。やはり、無なのか。それとも、連絡できないだけなのか——。

五十年後、重力波を用いて各宇宙から夥しい数の死後の現地報告が届き悲鳴をあげることになる。かもしれない。

センテナリアン

センテナリアンとは、百歳以上の人びとを言う。らしい。らしい、としたのは、私が知らなかったからだが、英語の辞書を調べてみると確かに、ある。日本語では、百寿者と訳されているらしいが、私の手許にある広辞苑では、白寿はあっても百寿者は、ない。

現在、日本にはセンテナリアンが六万人以上いるとされる。興味深いことに、このセンテナリアンの集団を対象とした調査・研究が世界

2017年

中で始められている。今後どんなことが分かってくるのか――。

先日、テレビでセンテナリアンの数人にインタヴューをしていた。「いま幸せですか?」という問いかけに、「いまが一番幸せです」と、答えは共通していた。

その中の一人に、「幸せは量より質だとおもいます」と穏やかにつけ加えた白髪のご婦人がいた。

すかさず、若いインタヴューアが「まぐろは赤身がお好きなんですよね!」と誘導すると、そのご婦人は「ええ……」と応えたあと、すこし悪戯(いたずら)っぽい目で話しだされた。

「この前、お寿司屋さんに注文した時のことですが、

『まぐろは赤身にしてください。トロは入れないでね！』

と念を押したところ、お寿司屋さんが、

『ご心配にはおよびません。このご予算ではトロは入りませんから』

ですって！」

と言って、そのご婦人はハッハッハッと明るく高笑いされた。

私は、まぐろの赤身以上に、このユーモアを操（あやつ）る精神にこそ鍵があるような気がした。

上には上が

今年は私の好きな音楽家クロード・ドビュッシーの没後百年である。と言っても、音楽の話ではない。食の話である。

ドビュッシーには、音楽家はもとより詩人、画家、彫刻家、小説家、劇作家など、多彩な分野の友人たちがいたが、食の仲間もいた。その中に、キュルノンスキーという稀代の食通がいた。

彼は、後のミシュランの食の評価の先駆者であり、当時すでにグルメ王子（prince des gastronomes）と称されていた。今から百年前の話だが、このキュルノンスキーが敬愛する食の先輩が、さらにその百年前にいた。

食通の元祖ブリヤ‐サヴァランである。彼の食に対する情熱は著書『美味礼讃』の中に詳しい。飽くなき食の追求から、ついには、味覚をつかさどる十番目のミューズ（本来ミューズは九柱である）「ガステレア」まで創造してしまう。

このブリヤ‐サヴァランには百歳に近い叔母がいた。彼は、死期の迫っていたこの叔母を徹夜で看病していたのだが、別離の悲しみを和らげようと美食家だった叔母のために自らが造った最良のワインをふるまった。

叔母は、最期の美酒をゆっくり味わい、そして甥の好意に報いるように、大切な一言を伝えて逝った。「ありがとう。でも、もしあなたが私の歳になったら、死は睡眠のように必要なものだということがわかりますよ」――。

ブリヤ・サヴァランには、彼の上をいく美食家の妹がいた。彼女も百歳を目前にして亡くなるのだが、その最期の夜、いつものように夕食をとりながら召使いに命じた。

「デザートを急いでちょうだい！　どうも私、もうすぐ死にそうな気がするんだよ」

今から二百年前の伝説的エピソードであるが、ことし古希を迎えて感慨にふけっている私なんか吹っ飛んでしまいそうだ。

それでも畑を耕さねばならない

2018年

今年は、レナード・バーンスタインの生誕百年である。この音楽家は有名なミュージカル《ウエストサイド物語》の他にも《キャンディード》という作品を作曲している。

幾多の困難に見舞われる主人公キャンディードであるが、最後に歌われる〈Make our garden grow〉は主人公ならずとも鼓舞される感動的な音楽である。そして、どんな苦境にあっても前向きにベストを尽くそう、と音楽は訴えかけてくるようだが——。

先日、作家の帚木蓬生（ははきぎほうせい）さんこと、精神科医の森山成彬先生のお話を拝聴する機会があった。「ネガティブ・ケイパビリティ negative capability」についてであった。私自身は、これで三度目であったが、なかなかピシッとは分からない。

ネガティブ・ケイパビリティは、二百年前のイギリスの詩人ジョン・キーツにより用いられた言葉とされる。はなはだ心もとない理解だが、「明確な答えのない宙ぶらりんな状態に耐えていく能力」らしい。長すぎる。一言の日本語で表わす（訳す）のは難しいらしく、今でも講演のタイトルは英語のままである（昨年出版された帚木さんの本の帯には「負の力」と銘打ってはある）。

それはともかくとして、確かに、高度成長期から最近まで、「前向きに頑張れ、頑張れ！」あるいは「ポジティブ志向」などと、落ち込んでいる者の背中を押すような励ましの姿勢が美徳とされてきた。この流れ（風潮）に対して、「いや、ちょっと待てよ？」、「本当に、それが良いことなのか？」、という懐疑が生まれてきたのだ。

どんなに理不尽な状況にさらされて気分が滅入ったとしても、その気分はとりあえず棚上げにして自分がやらなければならない日常のこと（ルーチン）をする。別に、「前向きにベストを尽くそう」、などという肩に力の入った状態ではない。

帚木さんは講演の中で、お百姓さんの日常を例に挙げられていた。お百姓さんは、今日は気分が向かないから畑には出ない、ではなく、その日やるべきことを、その日の気分にかかわりなく、やらなければならない。いや、やる。

当たり前のような気もするが、日頃、気分本位になりがちな者（私）には、考え方の根本的な部分における革新が必要なのかもしれない。

ミュージカル《キャンディード》の原作は、ヴォルテールの『カンディードまたは最善説（オプティミスム）』である。

幼児期より最善説の権化であるパングロス先生の洗脳的な教育を受けた主人公カンディードは、想像を絶する艱難辛苦（かんなんしんく）の長旅の最後に、相も変わらずライプニッツの予定調和的な人生の帰結を説く先生に対して、「お説ごもっともですが、それでも私は畑を耕さなければなりません」と応える。この主人公が最後に到達した境地こそネガティブ・ケイパビリティなのではないか。

バーンスタインのミュージカル《キャンディード》は、魅惑の音楽や奇想天外なストーリー以上に奥は深いようだ。

我々もその日の気分にかかわらず、粛々と生業を果たしていかなければならない、ということか。

シンデレラ・ワイン

童話の主人公シンデレラに因んで、日陰の身でそれまで注目されることがなかった逸材や物事をシンデレラと称します。ワインにおけるシンデレラの代表格はペトリュスでしょう。

ボルドーのオーブリオン、ラフィット・ロートシルト、ラトゥール、マルゴー、ムートン・ロートシルトの五大シャトーを向こうに回して、人気・価格ともに高騰しています。ペトリュスは、現在ではボルドーのロマネ・コンティとも言われています。

しかし、これらのワイン愛好家あこがれの銘柄は、現実的に私たちが日常の食生活で右から左に味わえるものではありません。そこで、ここでは、日常手の届く範囲内の私のシンデレラ・ワインをブルゴーニュから一つ、ボルドーから一つご紹介したいと思います。

キュルノンスキーという名前をご存知でしょうか？　百年ほど前にパリで活躍した希代の美食家です。

世界中の旅人にとってミシュラン・ガイドの星付の評価は欠かせないものですが、キュルノンスキーは、タイヤメーカーのミシュランに就職後、持ち前の美食の才能を生かして現在のミシュラン・ガイドの原型を作りました。その体つきは、映画監督のヒッチコックを想像してみてください。あの通りです。美食のかぎりを尽くして、当然、短命だった、と思われるでしょうが、八十四歳まで生き抜いています。

このキュルノンスキーは、著書『美食の歓び』（中央公論新社）の中で、自らと同時代の美食の音楽家としてドビュッシーとラヴェルを挙げています。気むずかしい孤高の作曲家と思われがちなドビュッシーも実はなかなかの美食家だったのです。

ドビュッシーが滞在先のブルゴーニュからふたりの親友に宛てた手紙の中にワインのことが出てきます。

その中では、美しい大聖堂と兵隊たちの行進の様子を伝えた後、そこでは美味しい食事とキュルノンスキーも飛び上がるにちがいないポマール（もう一人の友人宛には、キュルノンスキーが一生語り草にするようなポマール）を飲めるという特典があるよ、と述べています。ドビュッシーとこの二人の友人は、キュルノンスキーのことをキュルヌと呼ぶ間柄でした。今から百十五年前の手紙です。

ポマールは、長い歴史をもつブルゴーニュの赤ワインですが、ボルドーとは異なり小規模の生産者たちが多いため、当たり外れも多いということになります。

しかしこれはスリリングな愉しみでもあります。また、作り手により男性的な味わいのポマールもあれば女性的でエレガントな味わいのポマールもあります。個性の幅が広く、なかなか一筋縄ではいかない面白味もあります。

一方、ボルドーにおける私のシンデレラは、ペサック・レオニャン地区のシャトー・オーラグランジュです。十七世紀から続くメドック地区のシャトー・ラグランジュとは関係ありません。

五大シャトーのオーブリオンなどの名だたる銘酒を生み出す畑に囲まれた休耕地でわずか三十年ほど前から作付けされたシャトー・オーラグランジュは、驚くべき短期間でエレガントな赤・白ワインを提供しています。

赤は、アメリカ・カリフォルニアの最高峰であるオーパスワンの系統の風味とそしてオーパスワンにはないミネラル感を有しています。さらに香り豊かな白は爽やかで、同時に、重すぎない厚みがあり、幅広い料理をカヴァーできます。

ボルドーにしては生産量が限られており、私のシンデレラから本当のシンデレラになってしまうかもしれません。そっとしておいてほしい気持ちもあります。

私にとっては、オーラグランジュはうら若いシンデレラですが、ポマールはいささか年季の入ったシンデレラです。ワインは、そのワインの持つ背景もテロワールと一緒に飲むという愉しみをあたえてくれます。今年は、ドビュッシーの没後百年に当たります。ポマールで献杯!!!

憧れ

翻訳家の岸本佐知子氏の掌編エッセーを読んでいたら、ふっと少年の頃の未解決事項を想いだした――。「ロバのパン」である。

今思えば洗練されたとは言い難い音楽だったが、少年にとっては心うきうきする歌とともに「ロバのパン」は、やって来た。ロバが、パンの陳列された屋台を引っ張ってくるのだが、少年には素朴な疑問があった。

そもそも、「ロバのパン」とはどんなパンなのか?

少年は、あまり考えたくもない可能性の一つをどうしても考えてしまう。「ロバのパン」は、ロバでできたパンなのだろうか?

しかし次の瞬間、そんな不吉な考えにいたった自分を恥じて、そのおぞましい想像を払拭すべく、きっとロバの形をしたパンに違いない、と幼い少年の考えそうな答に落ちつかせようと自分に強いる。もちろん心の中で納得しているわけではないことは承知している。なにより陳列されている実物のパンを見てしまうと一目瞭然、ロバの形をしたパンなどどこにもない。やはり、ロバが原材料に使用されている可能性は捨て去ることはできないのだ。

——でも、別の可能性はないのか。

「ロバのパン」は、ロバが作っているパンではないのか？

ロバが自分の家族を養うために日夜せっせとパンを作り、売り歩いているのではないのか？

しかし待てよ、あの蹄（ひづめ）の前足でうまくパンが作られるのだろうか。

まあ、多少無理はあるかもしれないが、この可能性も捨てがたい。

少年は、もう一つの可能性も考えていた。「ロバのパン」は文字どおり「ロバのためのパン」、つまり、ロバが主食とするパンなのだ。

でも、その主食のパンをなぜ売っているのか。ロバが主食とするパンを食べてみたいと思う人もいるかもしれない。そこで、普段食べている大切なパンを生活のために売っている。でも、パンのためにパンを売るか？

うーんもっと無難な子供らしい帰結はないのか。――ある。ロバ・マークのパンだ。つまり、ロバはパン屋さんの看板みたいなものだ。でも、なぜロバでなければならないのか。ロバ以外にも少年の心を躍らせてくれる動物はたくさんいる。なんでよりによってロバなんだ。しかし次の瞬間、ロバが可哀そうになって、まあ、ロバでもいいか、と思いなおす。

ここで根本的な問題に思い至る。そもそも、その少年は「ロバのパン」を食べたことがなかったのだ。いつも「ロバのパン」がやってくるとわくわくしながらも、ただ横をとおっていくのを見ているだけだった。少年は、「ロバのパン」が止まってパンが売れていくのを見たことがない。どんなパンか食べてみたい気持ちはあったに違いないが、親からこの種の買い食いは禁止されていたし、もちろん、小遣いの持ち合わせもない。この現実を少年は、諦めの感覚で受け入れていたが、一方で、食してパンの本質を知ることになるかもしれないという怖さも回避することができるという安堵感もあった。

その内、長じるにつれて「ロバのパン」は少年の関心事からは未解決の部分を残したまま消え去っていった。というより、「ロバのパン」自体を見かけなくなった。

——が、今、やはり想いだしてみると、あの「ロバのパン」をひと口食べてみたかったという憧憬の念が残っている。

妄想

2019年

夏の早朝、職場へ向かう駅まで徒歩通勤だ。横断歩道で信号待ちしていると、少し距離があったが左端の女性がこちらを向いた。じっと見るので、知った人かと思って見返したが顔に見覚えはない。彼女は、すぐに渡る先の赤信号に目をやった。青に変わると同時に歩き出した。彼女も私も同じ方向だが、川を挟んで平行に走っている二本の道路である。

　私は歩きながら川向うを歩く彼女の後ろ姿に目をやった。肩まである髪を揺らしながら、ロングスカートの彼女は、急ぎ足であったが突然こちらを振り返った。遠くなので表情の詳細は分からなかったが目が合ったような気がして、私はすぐに前を向いて歩きつづけた。しかし何となく気になり、また彼女の後ろ姿を追った。

と、こちらの視線を感じたのか再びこちらを振り返った。じっと遠くからこちらを覗き込むような彼女の視線に押されて、私は眼を逸らしてしまった。遠目だが、美人だった。

　歩きつづけながらも気になった私は、また川の向こうに目をやった。それとほとんど同時に彼女は、再びこちらを振り返った。三度目である。これはもう尋常ではない。彼女は、最初に信号待ちのところで私の方を見た時きっと私に何らかの好意を持ったに違いない。私は自分の心臓の鼓動が聞こえるような気がした。次の瞬間、彼女はこちらを振り返ったまま左手を大きく挙げた。なんと返事すべきなのだろう、私は歩くのも止めて、ドギマギしながら川を挟んで立っている彼女と対峙した。

間もなく、彼女の前にタクシーが止まった。

制限時間

昔、まだテレビが普及していなかったころ、近所にテレビを所有する家があった。相撲の時に観に来ていいよと言われ、小さな白黒テレビの中の相撲に夢中になった。横綱栃錦、初代若乃花の時代である。ただ、その時、一つだけ疑問に思うことがあった。アナウンサーの「制限時間いっぱいになりました！」という言葉だ。制限時間いっぱいになるまで、何度も塩を撒いて仕切りなおすのが、不思議でならなかった。なぜ直ぐに相撲をとらないのか？　不満を感じながらも手に汗握りテレビ観戦した懐かしい想い出である。

なぜ直ぐに相撲をとらないのか――。後に、長じてから制限時間内であれば、そして両者の気が合えば、いつ立ち上がってもよいということを知った。つまり、一回目の仕切りですぐに相撲を取ってもよいのだ。実際、たまに制限時間前に立つ取り組みに出くわすこともある。しかし、ほとんどが、制限時間いっぱいまで立ち上がることはない。

分かってきたことは、仕切りが続くうちに、そろそろ制限時間いっぱいになるかな、という緊張感が、力士はもちろんであろうが観る側にも高まってくることだ。そうか、良い相撲をとるにはこの気分の高まりが必要だったのか――。

古希を過ぎて、ふと、この「制限時間」という言葉が気になるようになった。

暦年齢にしたがって次第に身体のあちこちにそれ相応のトラブルが起こってくる。そして、その度ごとに最期に対する覚悟も生じてくる。つまり、「あとがない」感が強まってくる。しかし、本当に、人生とは、「そんなもの、ネガティブなもの」なのだろうか。

すこし過去を振り返ってみる。

中学生の時、高校生の時に読んだ本をこの年齢までに何度か読み返す機会があった。その時は気がつかなかったが、思い返してみると、同じ内容の本が、年を経るごとに面白い部分や感動する部分が変化している。何が違ったのか？

知識、経験が増えたことにより本に登場するあらゆる要素の理解度のステージが上がっていたことによるのか。おそらく、経験してきた人生の全てが関わっているに違いない。してみると、この経験年数が長いほど様々なことの味わいに深みが増すということか。

これは本に限ったことではないだろう。気がついていないだけで、人生にはこの味わうべきこと、真に楽しむべきこと、が山のように埋蔵されているに違いない。

若い頃は、コース料理で言えばオードブルを味わっているようなものかもしれない。「あとがない」と思っている「今」が将に「人生のメインディィッシュ」を味わう「その時」かもしれない。「制限時間いっぱい」が迫るほど、力士のように最も気力が充実した状態になって、人生の実り豊かな収穫を愉しむべきなのではないのか。

なんだか、ボーっとしている暇はないような気がしてきた。

2019年

【初出一覧】

自己紹介に代えて	（筑紫医師会報	一九八九年）
生き急ぐ	（九州大学第二内科同門会報	一九九四年）
理事に就任して	（筑紫医師会報	一九九八年）
音楽で浮上する	（福岡県医報	一九九九年）
ドビュッシーとドイツ	（西日本日独協会年報	一九九九年）
〈沈める寺〉への誘い	（九大広報	二〇〇〇年）
鳥の視点	（筑紫医師会報	二〇〇〇年）
楽に寄す	（九州大学第二内科同門会報	二〇〇〇年）
至福	（筑紫医師会報	二〇〇〇年）
患者さんを診る	（九州大学第二内科同門会報	二〇〇一年）
箪笥	（福岡県内科医報	二〇〇四年）
ペイシャントからクライアントへ	（九州大学第二内科同門会報	二〇〇五年）
耳鳴りに音楽	（福岡県内科医報	二〇〇七年）

初出一覧

虹　（福岡県医報　二〇〇八年）
私の腎臓はいつ良くなるのでしょうか　（日本腎臓財団「腎不全を生きる」二〇〇九年）
辞世のダンディズム　（福岡県内科医報　二〇〇九年）
母の思い出　（西日本新聞「こだま」二〇〇九年）
配偶者は鏡　（九州大学第二内科同門会報　二〇一〇年）
ショパン・イヤー　（福岡県内科医報　二〇一〇年）
ユニークでありつづけなさい　（西日本新聞「土曜エッセー」二〇一二年）
動く日陰　（福岡県内科医報　二〇一二年）
町なかの川　（福岡県腎臓病患者連絡協議会報　二〇一三年）
ソフトランディング　（九州大学第二内科同門会報　二〇一三年）
ボルサリーノ　（福岡県内科医報　二〇一三年）
成熟社会の矜持　（福岡県医報　二〇一四年）
コーヒーの効用　（未発表　二〇一四年）
事情　（福岡県内科医報　二〇一四年）
オールバック　（福岡県内科医報　二〇一五年）

まれな確率　（福岡県内科医報　二〇一六年）
秋の夜長に　（九州大学第二内科同門会報　二〇一六年）
センテナリアン　（筑紫医師会報　二〇一七年）
上には上が　（九州大学第二内科同門会報　二〇一八年）
それでも畑を耕さねばならない　（筑紫医師会報　二〇一八年）
シンデレラ・ワイン　（筑紫医師会報　二〇一八年）
憧れ　（未発表　二〇一九年）
妄想　（未発表　二〇一九年）
制限時間　（筑紫医師会報　二〇一九年）

＊初出を本書に収載するにあたって一部修正、削除、加筆をおこなった。タイトルのなかった雑文には新たにタイトルを付けた。また、二〇〇九年の西日本新聞掲載の「母の思い出」については、投稿時のオリジナルのタイトルに戻した。

あとがき

エッセーといえば聞こえがよいが、端切れのような短文から講演記録の長文まで、しかも三十年に亘るちぐはぐなパッチワークのような雑文帖である。ただ一つの共通点は、一部の例外を除きすべては依頼されたものであり、自主的な投稿ではないということだ。未発表のものはその時ボツにしたものだ。ものぐさで億劫病の私には自発的にエッセーを書くエネルギーはない。ところが、依頼を受けると豹変する。一生懸命に愚考するのである。優先すべき仕事は山積していても依頼された文章のことで頭がいっぱいになるのである。客観的には、物事の優先順位がわかっていない欠陥人間のような気がしている。残念であるが、そういう生理なのだ。つまり、早く書いて送り出さない限り、大切な仕事に戻れないのである。個人的な性でであるが、犠牲になった時間や優先されるべきだった仕事にたいする償いの気持ちもこの雑文帖の上梓には込められている。

本書のタイトル「ユニークでありつづけなさい」は、私の言葉ではない。私の好きな音楽家クロード・ドビュッシーの言葉である。過日、西日本新聞社の大矢和世氏より「土曜エッセー」への投稿の依頼を受けたとき丁度ドビュッシーの生誕百五十年の年だったのでドビュッシーのことを書いたのである。タイトルの内容については、エッセーに書いた通りだが、この「ユニークでありつづけなさい。環境や地位に穢されることなく」というドビュッシーの言葉はいつの間にか（私は、決してユニークではないのにどういうわけか）私自身を鼓舞してくれていた。そこで、今まで医師会や大学の医局からの依頼で書いてきた拙文を纏めるにあたって、そのタイトルに採用した次第である。

最後になったが、本書を上梓するきっかけになった梓書院の森下駿亮氏と編集者の白石洋子氏に感謝申し上げたい。

二〇二〇年、子年の初春に　著者

島松 和正（しままつ かずまさ）

プロフィール
医学博士、腎臓内科専門医。
1948年、福岡県生まれ。
1972年九州大学医学部卒業。
同第二内科に入局。
米国クリーブランド・クリニックに研究留学。
九州大学病院腎疾患治療部講師を経て、島松内科医院を継承。
現在、医療法人至誠会島松内科医院理事長。

著 書
『「沈める寺」への誘い―ドビュッシーとケルト伝説』（MBC21刊 1998年）
『ベルガマスク』（筆名・緑田 新、文芸社刊 2003年）
『たぬさんの領分』（同、文芸社刊 2007年）
『ドビュッシー 香りたつ音楽』（講談社エディトリアル刊 2017年）

「ユニークでありつづけなさい」雑文帖（ざつぶんちょう）

令和2年5月20日発行

著　者・島松和正
発行人・田村明美
発行所・株式会社梓書院
〒812-0044 福岡市博多区千代3-2-1
tel 092-643-7075
fax 092-643-7095
http://www.azusashoin.com

印刷・有限会社青雲印刷／製本・日宝綜合製本株式会社